KB236676

하루한곡 우리민요

최선아 엮음

하루한곡 우리민요

〈하루 한곡, 우리민요를 만나다〉

1판 1쇄 발행일 2025년 6월 16일
1판 1쇄 펴낸날 2026년 1월 25일

펴낸곳   출판사 리아앤제시
엮은이   최선아
주소   경기도 부천시 부천로 198번길 18
이메일   lianjesse@naver.com
ISBN   979-11-993140-0-9(03810)
가격   16,900 원

이 아름다운 필사 노트를

_________________________ 님에게

드립니다.

년   월   일

하루한곡 우리민요

하루한곡 우리민요를 엮으며,

눈을 감으면 작은 섬마을 노랫소리가 들려옵니다. 전라남도 끝자락 그 섬에서 조부모님의 흥얼거림을 자장가 삼아 자랐습니다. 서로 주고받던 살가운 손길과 정겨운 소리는 세월이 흘러도 잊히지 않는 풍경이 되었습니다.

할머니는 바느질이나 재봉틀을 돌릴 때면 베틀가를 나직이 흥얼거렸습니다. 할아버지는 마루에 앉아 누런 짚을 모아 새끼줄을 꼬았습니다. 손바닥 사이로 짚이 스칠 때마다 사각사각 소리가 났습니다. 그 손놀림과 함께 익숙한 가락이 흘러나왔습니다.

봄 모를 심는 날에는 동네 어른들이 모여 논에 발을 담그고 허리를 굽혔습니다. 구성진 모심기 소리가 한바탕 울려 퍼지면 어린 마음에도 덩달아 흥이 났습니다. 그 신바람에 이끌려 새참을 얻어먹을 생각에 논으로 들어서곤 했습니다. 한번은 질척이는 논바닥에서 중심을 잡지 못하고 뒤로 넘어져 흙탕물을 온몸에 뒤집어쓰기도 했습니다.

가을이 되면 마당에 넉넉함이 찾아왔습니다. 콩과 깨를 말리고 도리깨질하며 "옹헤야~" 소리에 들썩거렸습니다. 동생들과 콩깍지를 누가 더 많이 터뜨리나 겨루며 웃음꽃을 피우던 시간이었습니다.

소리는 기쁜 날에만 있는 게 아니었습니다. 마을 어르신이 돌아가시면 오방색으로 꾸민 상여가 마을 길을 돌았습니다. "이제 가면 언제 오나~ 어이야 디이야~" 서글픈 가락이 골목을 따라 퍼지면 괜히 눈물이 났습니다.

그 시절 어른들 입에서 자연스럽게 흘러나오던 민요는 단순한 노래가 아니었습니다. 고단한

하루를 이겨내는 박자였고 이웃의 마음을 다독이는 따스한 언어였습니다.

세월이 흐르며 그 노랫소리는 점점 아득해져 갔습니다. 문득 그 기억을 붙잡아 두고 싶었습니다. 희미해지는 노랫말을 한 자 한 자 손으로 따라 쓰는 동안 그리운 얼굴들이 하나둘 떠올랐습니다. 이 책이 누군가에게 아련한 그리움과 함께 잊고 있던 기억을 불러일으키는 계기가 되었으면 합니다.

민요를 흥얼거리며 따라 쓸 수 있도록 후렴구를 함께 실었습니다. 부담 없이 민요 리듬을 따라 천천히 필사하시길 바랍니다. 다만 손이 불편한 날에는 후렴은 생략하셔도 괜찮습니다.

2026. 01. 25

최선아

내 손이 약손이다

니 배는 똥배고

내 손은 약손이다

쑥 쑥 내려가라

니 배는 똥배고

내 손은 약손이다

쑥 쑥 내려가라

아이가 배앓이를 할 때 어머니나 할머니가 배를 쓰다듬으며 불러주던 자장가 같은 동요입니다. 아픈 아이를 달래려는 따뜻한 정성과 부드러운 가락이 어우러져 편안함을 줍니다.

달아 달아 밝은 달아

달아 달아 밝은 달아

이태백이 놀던 달아

저기 저기 저 달 속에

계수 나무 박혔으니

옥도끼로 찍어내어

금도끼로 다듬어서

초가삼간 집을 짓고

양친부모 모셔다가

천년 만년 살고지고

천년 만년 살고지고

밤하늘의 달님에게 소원을 빌어본 적 있나요? 달을 보며 마음속으로 예쁜 집을 짓고 그 안에서 화목한 가정을 꾸리는 아이의 소박한 꿈을 노래합니다.

두꺼비집

두꺼바 두꺼바 헌집 줄게

새집 다오

두꺼비집이 여물까?

까치집이 여물까?

두꺼비는 집 짓고

황새는 물 긷고

동구바리 쨍쨍

큰 애기는 밖으로

작은 애기 안으로

동구바리 쨍쨍

까치가 밟아도 딴딴

황소가 밟아도 탄탄

새야새야

새야 새야 파랑새야

녹두밭에 앉지 마라

녹두꽃이 떨어지면

청포장수 울고 간다

아랫녘 새는 아래로 가고

윗녘 새는 위로 가고

새야 새야 파랑새야

우리 논에 앉지 마라

새야 새야 파랑새야

우리 밭에 앉지 마라

#초등교과서 수록 6학년

비야 비야

비야 비야 오지 마라

우리 누나 시집갈 때 가마꼭지 다 젖는다

다홍치마 얼룩진다 초록저고리 다 젖는다

비야 비야 그치거라 얼릉얼릉 그치거라

우리 누나 시집가면 어느 때나 다시 만나

누나누나 불러볼까 업어달라 떼를 쓸까

두 가지 형태로 전해지는 동요입니다. 하나는 시집가는 누나를 위해 맑은 하늘을 기원하는 노래이고 또 다른 하나는 메마른 들판에 단비가 내려주기를 바라는 마음을 장구소리와 빗소리에 빗댄 노래입니다.

꿩꿩 장서방

꿩 꿩 장서방 자네 집이 어딘고

이 산 저 산 넘어서 솔밭집이 내 집일세

꿩 꿩 장서방 무얼 먹고 살았나

이웃집에 콩 한 되 아랫집에 팥 한 되

꿩 꿩 장서방 무얼하고 살았나

아들 낳고 딸 낳고 미역국에 밥 한 술

#초등교과서 수록 1학년

숲 속에 사는 꿩 가족의 정다운 이야기를 담은 민요입니다. 주인공인 아빠 꿩 장서방은 수컷 꿩을 '장끼'라고 부르는 데서 따온 재미있는 이름입니다.

새는새는

새는 새는 *낭게 자고 쥐는 쥐는 *궁게 자고

납딱 납딱 붕어 새끼 바위틈에 잠을 자고

매끌 매끌 미꾸라지 *구케 속에 잠을 자고

어제 왔던 할마씨는 영감 품에 잠을 자고

오늘 왔는 새악씨는 신랑 품에 잠을 자고

우리 같은 아이들은 엄마 품에 잠을 잔다

#초등교과서 수록 3학년

저녁 어스름이 내려앉을 무렵 온갖 동물과 사람들이 하나둘 잠자리에
드는 모습을 잔잔하게 그려낸 노래입니다. 고요히 하루를 마무리하는
정경이 포근하게 담겨 있습니다.

*낭게 : 나무에   *궁게 : 구멍에   *구케 : 진흙

몽금포타령

장산곶 마루에 북소리 나더니

금일도 상봉에 님 만나 보겠네

에헤요 에헤요 에헤야 님 만나 보겠네

갈 길은 멀구요 행선은 더디니

늦바람 불라고 성황님 조른다

에헤요 에헤요 에헤야 성황님 조른다

바람새 좋다고 돛 달지 말고요

몽금이 개암포 들렀다 가소래

에헤요 에헤요 에헤야 들렀다 가소래

#중학교 교과서 수록

서해의 거친 물살이 부딪히는 곳 황해도 장산곶. 이 민요는 그곳을 터전으로 살아가는 어부들의 삶과 어촌의 정겨운 풍경을 담았습니다.

통영개타령

개야 개야 검둥개야

개야 개야 검둥개야 개야 개야 검둥개야

가랑잎만 달싹해도 짖는 개야

청사초롱 불 밝혀라 우리 님이 오시거든

개야 개야 검둥개야 개야 개야 검둥개야

짖지를 마라 짖지를 마라 멍멍 멍멍 짖지를 마라

개야 개야 백설개야

개야 개야 백설개야 개야 개야 백설개야

달 그림자만 비치어도 짖는 개야

밤중 밤중 야밤중에 우리 님이 오시거든

개야 개야 백설개야 개야 개야

백설개야 짖지를 마라 멍멍 멍멍 짖지를 마라

#초등교과서 수록 6학년

싸름타령

*싸름 싸름 느티나무 밑에

싸름 우는 소리가 귓가에 들리네

싸름 싸름 너도 나도 살살 다 녹여 낸다

산천초목이 우거진 곳에

싸름 우는 소리가 처량도 하다

싸름 싸름 너도 나도 살살 다 녹여 낸다

싸름 싸름 네가 왜 우느냐

육칠월이 다 가니 슬퍼서 우나

싸름 싸름 너도 나도 살살 다 녹여 낸다

*싸름은 황해도 방언으로 '쓰르라미' 울음소리를 뜻하며 그 소리에 고
향을 떠올리던 농부들의 정서를 담은 민요입니다.

풍구타령

불어라 불어라 어기여차 불어라

불 불 불어도 만대장만 나온다

신계곡산에 풍구가 얼마나 좋은지

우리집 낭군은 풍구 불러만 간다네

불어라 불어라 어기여차 불어라

불 불 불어도 만대장만 나온다

왜 생겼나 왜 생겨났나

요다지 곱게도 왜 생겨났나

불어라 불어라 어기여차 불어라

불 불 불어도 만대장만 나온다

신계곡산에 풍구는 무쇠덩이도 녹이는데

우리 둘의 풍구는 내 간장만 녹인다

불어라 불어라 어기여차 불어라

불 불 불어도 만대장만 나온다

#초등교과서 수록 6학년

태산가

태산이 높다 하되

하늘 아래 뫼이로다

오르고 또 오르면

못 오를리 없건마는

사람이 제 아니오르고

뫼만 높다 하더라

#초등교과서 수록 6학년

양사언의 시조입니다. 노력하지 않은 채 환경이나 운명만 탓하는 마음
가짐을 경계하는 교훈적인 내용입니다. 스스로 나아가려는 의지와 꾸
준한 정진의 중요함을 일깨워 줍니다.

늴리리야

늴리리야 늴리리야 니나노 난실로 내가 돌아간다

늴리리 늴리리야

청사초롱 불 밝혀라 잊었던 낭군이 다시 돌아온다

늴리리 늴리리야

백옥같이 고운 얼굴 햇볕에 그을리기 웬 말인가

늴리리 늴리리야

*일구월심 그리던 임 어느 시절에 다시 만나 볼까

늴리리 늴리리야

다음 장으로 연결됩니다.

어제 청춘 오늘 백발 가는 세월을 어이하리

닐리리 닐리리야

왜 왔던가 왜 왔던가 울려고 갈 길을 왜 왔던가

닐닐리리 닐리리야

#초등교과서 수록 5학년

한 번 들으면 누구든 "닐리리야~"하고 따라 부르게 됩니다. 이 후렴구
는 그대로 노래 제목이 되었습니다. 사람들은 저마다 조금씩 다르게
기억하고 부르면서 <릴리리야>, <릴리리> 같은 또 다른 이름이 생겨
났습니다.

*일구월심 : 날은 오래고 달은 깊다는 뜻으로 오랜 시간 동안 간절히
바라는 마음

문지기

문지기 문지기 문 열어라

열쇠 없어 못 열겠네

어떤 대문에 들어갈까?

동대문에 들어가

문지기 문지기 문 열어라

열쇠 없어 못 열겠네

어떤 대문에 들어갈까?

서대문에 들어가

문지기 문지기 문 열어라

열쇠 없어 못 열겠네

문지기

다음 장으로 연결됩니다.

어떤 대문에 들어갈까?

남대문에 들어가

문지기 문지기 문 열어라

열쇠 없어 못 열겠네

어떤 대문에 들어갈까?

북대문에 들어가

문지기 문지기 문 열어라

덜커덩 떵 열렸다

#초등교과서 수록 2학년

어릴 적 친구들과 삼삼오오 모여 놀던 추억의 놀이 바로 그때 부르던 동요입니다. 두 친구가 맞잡아 높이 들어 올린 손 아래로 노래를 부르며 줄지어 가다가 "땡!"하고 닫히는 문에 누가 갇힐지 마음 졸이던 즐거운 순간을 떠올리게 합니다.

창부타령

아니 아니 노지는 못하리라

창문을 닫혀도 스며드는 달빛

마음을 달래도 파고드는 사랑

사랑이 달빛이냐 달빛이 사랑이냐

텅빈 내가슴에는 사랑만 가득 쌓였구나

사랑 사랑 사랑이라니 사랑이란게 무엇이냐

보일 듯이 아니보이고 잡힐듯 하다가 놓쳤으니

나혼자만이 고민하는게 이것이 사랑의 근본인가

얼씨구 절씨구 지화자 좋네 아니 노지는 못하리라

아니 아니 노지는 못하리라

사랑 사랑 사랑이라니 사랑이란게 무엇인가

알다가도 모를사랑 믿다가도 속는사랑

오목조목 알뜰사랑 왈칵달칵 싸움사랑

*무월삼경 깊은사랑 *공산야월 달밝은데 이별한님 그린사랑

이내간장 다 녹이고 지긋지긋이 애태운 사랑

남의 정만 뺏어가고 줄줄 모르는 얄민사랑

이사랑 저사랑 다버리고

아무도 몰래 호젓이 만나 소곤소곤 은근사랑

얼씨구나 좋다 내 사랑이지 사랑 사랑 참 사랑아

창부는 무당의 남편이자 굿판에서 음악을 연주하던 전문 악사를 뜻합니다. 본디 굿에서 불리던 노래였으나 점차 무가의 성격을 넘어 놀이판에서도 불리며 대중적인 민요로 자리 잡았습니다.

*무월삼경 : 달이 보이지 않은 깊은 밤

*공산야월 : 텅 빈 산중에 떠 있는 밤달

풍년가

풍년이 왔네 풍년이 왔네

금수강산으로 풍년이 왔네

지화자 좋다 얼씨구나 좀도 좋다

명년 춘삼월에 화류놀이를 가세

올해도 풍년 내년에도 풍년

연년 연년이 풍년이로구나

지화자 좋다 얼씨구나 좀도 좋다

명년 하사월에 관등놀이를 가자

천하지대본은 농사밖에 또 있는가

놀지 말고서 농사에 힘씁시다

지화자 좋다 얼씨구나 좀도 좋다

명년 오뉴월에 탁족 놀이를 가자

봄이 왔네 봄이 왔네 삼천리 이 강산에 봄이 돌아왔네

지화자 좋다 얼씨구나 좋구 좋다

명년 봄 돌아오면 화전놀이를 가자

#초등교과서 수록 6학년

고사리 꺾자

고사리 대사리 꺾자 나무 대사리 꺾자

유자꿍꿍 재미나 넘자 아장장장 벌이여

꺾자 꺾자 고사리 대사리 꺾자

지리산 고사리 꺾어다가 우리 아배 반찬하세

꺾자 꺾자 망부 대사리 꺾자

고사리 꺾어 바구니에 담고 아산이나 넘자

꺾자 꺾자 망부 대사리 꺾자

*송쿠 꺾어 웃짐 엉고 태산이나 넘자

꺾자 꺾자 고사리 대사리 꺾자

수양산 고사리 꺾어다가 *선영봉대를 하여 보세

꺾자 꺾자 고사리 대사리 꺾자

수양산 고사리 꺾어다가 우리아배 반찬하세

#초등교과서 수록 3학년

*송쿠 : 산에서 꺾어 모아 놓은 나물 묶음

*선영봉대 : 조상 묘소를 찾아 제사를 드리고 정성을 올리는 일

새타령

새가 날아든다 온갖 잡새가 날아든다

새 중에는 봉황새 *만수문전에 풍년새 *산고곡심무인처

*울림비조 뭇새들이 농춘화답에 짝을 지어 쌍거쌍래 날아든다

말 잘하는 앵무새 춤 잘 추는 학 두루미

소땡이 쑥국 앵매기 뚜리루 리루

대천에 비우 소루기 수리루리루리루

어허 어허 어허 어 허어어 좌우로 다녀 울음 운다

저 쑥국 새가 울음 운다

이 산으로 가며 쑥국 쑥국 저 산으로 가며 쑥쑥국 쑥국

에이 어허 좌우로 다녀 울음 운다

#초등교과서 수록 3학년

*만수문전 : 궁궐 문 앞이라는 뜻으로 귀한 장소

*산고곡심무인처 : 깊은 산, 외진 골짜기, 사람이 없는 곳

*울림비조 뭇새들 : 맑게 울어대는 여러 봄새들

강강술래

강강술래 강강술래

잎이 피면 청산이요

꽃이 피면 화산일세

강강술래 강강술래

강강술래 강강술래

달떴다 달떴다

우리 마을에 달떴다

강강술래 강강술래

푸릇푸릇 봄배추는

이슬 오기만 기다린다

강강술래 강강술래

다음 장으로 연결됩니다.

술래가 돈다 술래가 돈다

술래가 돈다 술래가 돌아

강강술래 강강술래

강강술래 강강술래

휘영청 밝은 달밤 아래 부녀자들이 손에 손을 맞잡고 둥근 원을 그리며 노래를 부릅니다. 한 사람이 선창 하면 모두가 "강강술래~" 하고 후렴을 외치는 놀이는 전라남도를 대표하는 향토민요이자 전통 놀이입니다. 임진왜란 당시 이순신 장군이 적은 병력을 많아 보이게 하려고 부녀자들을 모아 원을 그리며 춤추게 했다는 설이 있습니다.

쾌지나칭칭나네

쾌지나 칭칭나네 쾌지나 칭칭나네

청천 하늘엔 잔별도 많다 쾌지나 칭칭나네

이내 가슴엔 희망도 많다 쾌지나 칭칭나네

서산에 지는 해를 쾌지나 칭칭나네

그 뉘라서 잡아 매며 쾌지나 칭칭나네

가는 세월을 막을 손가 쾌지나 칭칭나네

쾌지나 칭칭나네 쾌지나 칭칭나네

쾌지나 칭칭나네 쾌지나 칭칭나네

달아달아 밝은달아 쾌지나 칭칭나네

우주 강산에 비친 달아 쾌지나 칭칭나네

강변에는 잔돌도 많다 쾌지나 칭칭나네

다음 장으로 연결됩니다.

*일락서산에 해 떨어지고 쾌지나 칭칭나네

*월출동령 달 솟는다 쾌지나 칭칭나네

쾌지나 칭칭나네 쾌지나 칭칭나네

쾌지나 칭칭나네

#초등교과서 수록 6학년

경상도 특유의 씩씩한 기상이 느껴지는 대표적인 민요입니다. 노래의
흥을 돋우는 '쾌지나 칭칭 나네'라는 구절은 꽹과리가 울리는 소리를
그대로 입으로 옮겨온 재미있는 의성어입니다.

*일락서산 : 해가 서쪽 산으로 저물어 가는 모습

*월출동령 : 달이 동쪽 산마루에서 떠오르는 모습

한오백년

한 많은 이 세상 야속한 님아

정을 두고 몸만 가니 눈물이 나네

아무렴 그렇지 그렇구 말구 한오백년 살자는데 웬 성화요

꽃답던 내 청춘 절로 늙어

남은 반생을 어느 곳에다 뜻 붙일꼬

아무렴 그렇지 그렇구 말구 한오백년 살자는데 웬 성화요

지척에 둔 님을 그려 살지 말고

차라리 내가 죽어 잊어나 볼까

아무렴 그렇지 그렇구 말구 한오백년 살자는데 웬 성화요

다음 장으로 연결됩니다.

한 많은 이 세상 냉정한 세상

동정심 없어서 나는 못 살겠네

아무렴 그렇지 그렇구 말구 한오백년 살자는데 웬 성화요

청춘에 짓밟힌 애끓는 사랑

눈물을 흘리며 어디로 가리

아무렴 그렇지 그렇구 말구 한오백년 살자는데 웬 성화요

#중학교 교과서 수록

이 노래에는 한과 흥이라는 한국인의 정서가 고스란히 녹아 있습니다. 가슴 깊이 응어리진 한을 토해내면서도 아픔에 주저앉지 않고 노래로 승화시키는 우리 민족 특유의 낙천성과 강인함이 담겨 있습니다.

군밤타령

바람이 분다 바람이 불어

연평 바다에 어허어얼싸 돈바람 분다

얼싸 좋네 아 좋네 군밤이요 에헤라 생률 밤이로구나

달도 밝다 달도 밝아

우주강산에 어허얼싸 저 달이 밝아

얼싸 좋네 아 좋네 군밤이요 에헤라 생률 밤이로구나

눈이 온다 눈이 온다

이 산 저 산에 어허얼싸 흰 눈이 온다

얼싸 좋네 아 좋네 군밤이요 에헤라 생률 밤이로구나

다음 장으로 연결됩니다.

개가 짖네 개가 짖네

눈치 없이도 어허얼싸 함부로 짖네

얼싸 좋네 아 좋네 군밤이요 에헤라 생률 밤이로구나

봄이 왔네 봄이 왔어

금수강산에 어허어얼싸 새봄이 왔네

얼싸 좋네 아 좋네 군밤이요 에헤라 생률 밤이로구나

#초등교과서 수록 4학년

어깨춤이 절로 나는 흥겨운 장단과 정겨운 노랫말이 듣는 이의 마음까지
따뜻하게 합니다. 누구나 쉽게 따라 부를 수 있어 널리 사랑받고 있습니다.

도라지타령

도라지 도라지 도라지 심심산천에 백도라지

한두 뿌리만 캐어도 대바구니 반실만 되노나

에헤요 에헤요 에헤애야

어여라 난다 지화자 좋다

저기 저 산 밑에 도라지가 한들한들

도라지 도라지 도라지 은율 금산포 백도라지

한 뿌리 두 뿌리 받으니 산골에 도라지 풍년일세

에헤요 에헤요 에헤애야

어여라 난다 지화자 좋다

저기 저산 밑에 도라지가 한들한들

다음 장으로 연결됩니다.

도라지 도라지 도라지 강원도 금강산 백도라지

도라지 캐는 아기씨들 손맵씨도 멋들어 졌네

에헤요 에헤요 에헤애야

어여라 난다 지화자 좋다

저기 저산 밑에 도라지가 한들한들

#초등교과서 수록 4학년

산과 들에 피어난 도라지를 캐며 즐거움을 노래하는 민요입니다. 반복되는 후렴과 흥겨운 장단 속에 도라지를 캐는 사람들의 기쁨과 능숙한 손놀림이 담겨 있어 듣는 이에게도 자연스러운 흥이 전해집니다.

천안삼거리

천안삼거리 흥 능수버들은 흥

제멋에 겨워서 휘늘어졌구나

*에루화 좋다 흥 성화로구나 흥

세상 만사를 흥 생각을 하면은 흥

인생의 부영이 꿈이로구나

에루화 좋다 흥 성화로구나 흥

발그레한 저녁노을 돋는 저곳에 흥

넘어가는 낙일이 물에 비치네

에루화 좋다 흥 성화로구나 흥

현월은 앞산에 흥 반만 걸리고 흥

다음 장으로 연결됩니다.

은은한 물결은 은파로 도누나

에루화 좋다 흥 성화로구나 흥

은하작교가 흥 콱 무너졌으니 흥

건너 갈 길이 망연이로구나

에루화 좋다 흥 성화로구나 흥

십오야 뜬 달이 흥 왜 이리 밝아서 흥

산란한 이 심중 더 산란하구나

에루화 좋다 흥 성화로구나 흥

예로부터 수많은 길이 만나고 갈라지던 곳 이별과 만남의 장소로 알려진 천안 삼거리. 이 노래는 바로 그곳을 배경으로 탄생했습니다. '천안삼거리 흥'으로 시작되어 <천안삼거리>로 불리지만 반복되는 '흥'이라는 구음 때문에 <흥타령>이라고도 불립니다.

*에루화 : 흥을 돋우는 추임새

청춘가

이팔청춘에 소년 몸 되어서

문명의 학문을 닦아를 봅시다

청춘 홍안을 네 자랑 말어라

덧없는 세월에 백발이 되누나

오도동동 추야에 달이동동 밝은데

머리동동 생각이 쓰리동동 나누나

세월이 가기는 흐르는 물 같고

인생이 늙기는 바람결 같구나

다음 장으로 연결됩니다.

동두천 소요산 약수대 꼭대기

홀로 선 소나무 날 같이 외롭다

천금을 주어도 세월은 못 사네

못 사는 세월을 허송을 말어라

잠깐 피었다 지는 꽃처럼 청춘은 너무나 짧아 아쉽기만 합니다. 다시 돌아오지 않을 젊은 날에 대한 그리움과 무심히 흘러가는 세월에 대한 탄식을 담아낸 노래입니다.

매화타령

인간이별 만사 중에 독수공방이 *상사난 이란다

좋구나 매화로다

어야 더야 어허야 에 디여라 사랑도 매화로다

안방 건넌방 가로닫이 국화 새김의 완자문이란다

좋구나 매화로다

어야 더야 어허야 에 디여라 사랑도 매화로다

어저께 밤에도 나가자고 그저께 밤에는 구경 가고

무슨 염치로 *삼승 버선에 볼 받아 달라나

좋구나 매화로다

어야 더야 어허야 에 디여라 사랑도 매화로다

다음 장으로 연결됩니다.

나 돌아가네 나 돌아가네

떨떨거리고 나 돌아가누나

좋구나 매화로다

어야 더야 어허야 에 디여라 사랑도 매화로다

두견이 울어라 사랑도 매화로다

매화에 빗대어 연인 간의 설렘과 일상의 소소한 이야기 그리고 두견이 울음
소리를 곁들여 애틋함과 즐거움을 서정적으로 노래합니다.

*상사난 : 서로 그리워함이 괴롭다는 의미

*삼승 버선 : 버선을 요구하는 장난스러운 청혼이나 구애의 표현

오돌또기

오돌또기 저기 춘향 나온다

달도 밝고 내가 머리로 갈거나

둥그대당실 둥그대당실 너도 당실 *연자 머리로

달도 밝고 내가 머리로 갈거나

한라산 허리에 *시로미 익은숭 만숭

서귀포 해녀는 바당에 든숭 만숭

둥그대당실 둥그대당실 너도 당실 연자 머리로

달도 밝고 내가 머리로 갈거나

제주야 한라산 고사리 맛도 좋고 좋고

읍내야 축항끝에는 뱃놀이 듣기도 좋고 좋다

다음 장으로 연결됩니다.

둥그대당실 둥그대당실 너도 당실 연자 머리로

달도 밝고 내가 머리로 갈거나

한라산 꼭대기 실안개 돋은 듯 만 듯

뒷모래 사장에 궂은비 온 듯 만 듯

둥그대당실 둥그대당실 너도 당실 연자 머리로

달도 밝고 내가 머리로 갈거나

#중학교 교과서 수록

제주 지역의 풍경과 문화를 배경으로 한 민요로 달빛 아래에서 느끼는 사랑과 향수를 흥겹게 노래합니다.

*시로미 : 벼, 보리, 조 등 곡식의 이삭이 익어가는 상태

*연자머리 : 여성들이 머리를 양쪽으로 둥글게 말아 올린 전통 머리 모양

한강수타령

한강수라 깊고 맑은 물에 수상선 타고서

에루화 뱃놀이 가잔다

아하 에헤요 에헤요 어허야 얼쌈마 둥개 디여라 내 사랑아

조용한 *월색은 강심에 어렸는데 술렁술렁 배띄워라

에루화 달맞이 가잔다

아하 에헤요 에헤요 어허야 얼쌈마 둥개 디여라 내 사랑아

멀리 뵈는 관악산 웅장도 하고 돛단배 두 서넛

에루화 한가도 하다

아하 에헤요 에헤요 어허야 얼쌈마 둥개 디여라 내 사랑아

다음 장으로 연결됩니다.

유유히 흐르는 한강물 위에 뗏목 위에 노래도

에루화 처량도 하다

아하 에헤요 에헤요 어허야 얼쌈마 둥개 디여라 내 사랑아

노들의 버들은 해마다 푸르른데 한강을 지키던 님

지금은 어디로 가셨나

아하 에헤요 에헤요 어허야 얼쌈마 둥개 디여라 내 사랑아

#중학교 교과서 수록

유유히 흐르는 강물과 고요한 달빛, 아름다운 풍경 속에서 뱃놀이를 즐기던 사람들의 삶을 담은 민요입니다. 사랑하는 이를 그리워하는 마음과 떠나간 님의 부재를 함께 담아 풍류와 애정을 느낄 수 있습니다.

*월색 : 달빛이나 달빛이 비치는 정경

꼭꼭 숨어라

꼭꼭 숨어라 꼭꼭 숨어라

텃밭에도 안 된다 상추 씨앗 밟는다

꽃밭에도 안 된다 꽃 모종을 밟는다

울타리도 안 된다 호박순을 밟는다

꼭꼭 숨어라 꼭꼭 숨어라

종종머리 찾았네 장독대에 숨었네

까까머리 찾았네 방앗간에 숨었네

빨간 댕기 찾았네 기둥 뒤에 숨었네

#초등교과서 수록 3학년

아이들이 술래잡기나 숨바꼭질을 할 때 즐겨 부르던 전통적인 놀이
동요입니다. 숨고 찾는 과정에서 노래와 장난스러운 몸짓이 어우러져
놀이의 즐거움을 높여 줍니다.

사발가

석탄 백탄 타는데 연기만 펄펄 나구요

이 내 가슴 타는데 연기도 김도 안나네

에헤요 어허야 어여라 난다 디여라 허송 세월을 말어라

정든 님아 오실테면 버젓하게나 오지요

꿈 속에만 오락가락 구곡 간장을 다 태운다

에헤요 어허야 어여라 난다 디여라 허송 세월을 말어라

열두 주름 치마폭 갈피 갈피 맺힌 설움이

초생달이 기울면 줄줄이 쌍쌍이 눈물이라

에헤요 어허야 어여라 난다 디여라 허송 세월을 말어라

다음 장으로 연결됩니다.

시냇가에 빨래소리 도드락 똑딱 나구요

아롱아롱 버들잎은 정든 님 얼굴을 가리누나

에헤요 어허야 어여라 난다 디여라 허송 세월을 말어라

조선 말기부터 일제강점기에 걸쳐 유행한 신민요로 시대의 절망과 체념을
노래합니다. 애써봐야 연기처럼 사라지는 허무한 현실을 한탄하며 사발에
술이나 부어 마시며 시름을 잊자고 말합니다.

이어도사나

이어도 사나 아아 이어도 사나

이어도 사나 아아 이어도 사나

이어도 사나

*요넬젓엉 요넬젓엉

어딜가리 어딜가리

진도바당 진도바당 어서나 가자

이어도 사나 이어도 사나

한쪽 손에 *태왁을 메고

한쪽 손에 *비창을 들렁

이어도 사나 이어도 사나

다음 장으로 연결됩니다.

*칠성판을 등에다 지고

한 질 두 질 들어가 보니

*저싱도가 눈 앞 이로다

이어도 사나 이어도 사나

거센 파도와 맞서며 가족의 생계를 책임져야 했던 제주 해녀들의 삶을 고스란히 담고 있습니다. 물질을 하러 배를 저어 나갈 때 부르던 이 노래에는 언제 돌아올지 모르는 바닷길 위에서 다시는 이별하고 싶지 않다는 여인들의 소망이 절절하게 녹아 있습니다.

*요넬젓엉 : 이 노를 저어서 *태왁 : 물질할 때 몸을 띄우는 도구

*비창 : 전복 등을 재취할 때 쓰는 도구

*칠성판 : 관 밑에 까는 판자

*저싱도 : 저승문

옹헤야

옹헤야 어절시구 옹헤야 저절시구

옹헤야 잘도 한다 옹헤야

철뚝넘어 옹헤야 메추리란 놈이 옹헤야

보리밭에 옹헤야 알을 낳네 옹헤야

에헤 에헤 옹헤야 어절시구 옹헤야 잘도 논다 옹헤야

구월 시월 옹헤야 보리 심어 옹헤야

동지 섣달 옹헤야 싹이 튼다 옹헤야

에헤 에헤 옹헤야 어절시구 옹헤야 잘도 논다 옹헤야

앞집 금순 옹헤야 뒷집 복순 옹헤야

서로 만나 옹헤야 정담 한다 옹헤야

에헤 에헤 옹헤야 어절시구 옹헤야 잘도 논다 옹헤야

다음 장으로 연결됩니다.

칠월 칠석 옹헤야 은하수에 옹헤야

까막 까치 옹헤야 다리 놓네 옹헤야

에헤 에헤 옹헤야 어절시구 옹헤야 잘도 한다 옹헤야

#초등교과서 수록 3학년

보리타작철에 도리깨질 동작과 리듬에 맞춰 부리던 노동요입니다. 지역에 따라 <보리타작소리>, <타작소리>, <도리깨질소리> 등 다양한 이름으로 전해집니다.

자진방아타령

얼씨구 절씨구 자진 방아를 돌려라

아하아 에헤요 에헤여라 방아 흥아로다

정월이라 십오일 *구머리장군 *긴코배기 액맥이 연이 떴다

에라디여 에헤요 에헤여라 방아 흥아로다

이월이라 한식날 종달새 떴다

아하아 에헤요 에헤여라 방아 흥아로다

삼월이라 삼짇날 제비 새끼 *명마구리 *바람개비가 떴다

에라디여 에헤요 에헤여라 방아 흥아로다

사월이라 초파일 관등하러 임고대 사면보살이 장안사

다음 장으로 연결됩니다.

아가리 벙실 잉어 등에 등대줄이 떴다

아하아 에헤요 에헤여라 방아 흥아로다

오월이라 단오일 송백수양 푸른 가지 높다랗게 그네 매고

작작도화 늘어진 가지 백릉 버선에 두발 길로

에후리쳐 툭툭 차니 낙엽이 둥실이 떴다

에라디여 에헤요 에헤여라 방아 흥아로다

#중학교 교과서 수록

열두 달의 세시풍속과 자연의 변화를 경쾌한 가락에 실어 한 폭의 그림처럼 노래합니다.

*구머리장군 : 연의 머리 양쪽에 장군 얼굴을 그린 연

*긴코배기 : 연의 머리 부분에 길게 코 모양의 무늬를 그린 연

*명마구리 : 제비과의 작은 새인 '명매기'를 이르는 말

*바람개비 : 연처럼 빠르고 날렵하게 나는 연작새

뱃노래

어기야 디여차 어기야 디여 어기여차 뱃놀이 가잔다

부딧치는 파도 소리 잠을 깨우니

들려오는 노 소리 처량도 하구나

어기야 디여차 어야디야 어기여차 뱃놀이 가잔다

낙조청강에 배를 띄우고

술렁술렁 노 저어라 달맞이 가잔다

어기야 디여차 어야디야 어기여차 뱃놀이 가잔다

어야디야 어기야디야 어기야디여 에헤야

에헤 에헤 에헤야 어허야 어야디야

다음 장으로 연결됩니다.

달은 밝고 명랑한데 고향 생각 절로 난다

어기야디야 어기야디야 에헤 야

에헤 에헤 어허야 어기야디야 어기야디야

이제가면 언제오나 어야디야 오만 한을 일러주오

어기야디야 어기야디여 어헤 야

에헤 에헤 에헤야 어야

어야디야 어야디야 어기야 어기야 어기야

어기여차 뱃놀이 가잔다

#중학교 교과서 수록

넓고 긴 낙동강 물길을 오가던 뱃사공들의 삶과 애환이 담긴 경상도 대표 민요입니다. 느릿하고 구성진 가락은 그들의 지친 숨결이자 무료함을 달래는 위안이었습니다.

너영나영

아침에 우는 새는 배가 고파 울고요

저녁에 우는 새는 님이 그리워 운다

너영 나영 두리둥실 놀고요 낮에 낮에나 밤에 밤에나

참 사랑이로구나

높은 산 상상봉 외로운 소나무

누구를 그리며 왜 홀로 서 있나

너영 나영 두리둥실 놀고요 낮에 낮에나 밤에 밤에나

참 사랑이로구나

일락 서산에 해는 떨어지고요

월출 동령에 달이 솟아온다

너영 나영 두리둥실 놀고요 낮에 낮에나 밤에 밤에나

참 사랑이로구나

다음 장으로 연결됩니다.

저 달은 둥근 달 산 넘어가는데

나는야 언제나 님 만나 함께 사나

너영 나영 두리둥실 놀고요 낮에 낮에나 밤에 밤에나

참 사랑이로구나

백록담 올라갈 때 누이동생 하더니

한라산 올라가니 신랑 각시가 된다

너영 나영 두리둥실 놀고요 낮에 낮에나 밤에 밤에나

참 사랑이로구나

너영나영은 '너하고 나하고'라는 뜻의 제주 방언입니다. 이름 그대로
힘든 일이든 즐거운 일이든 서로 돕고 의지하며 살아온 제주 사람들의
정서를 담고 있습니다.

까투리타령

까투리 까투리 까투리 까투리 까투리 까투리 까투리

사냥을 나간다

전라도라 지리산으로 꿩 사냥을 나간다

지리산에 올라 무등산을 넘어 나주 금성산을 당도허니

까투리 한 마리 푸두둥 허니 매방울이 떨렁

후여 후여 허어 까투리 사냥을 나간다

충청도라 계룡산으로 꿩 사냥을 나간다

계룡산에 올라 속리산을 넘어 가야산 당도허니

까투리 한 마리 푸두둥 허니 매방울이 떨렁

후여 후여 허어 까투리 사냥을 나간다

다음 장으로 연결됩니다.

경상도라 태백산으로 꿩 사냥을 나간다

태백산에 올라 문경을 넘어 청양산 봉양산 당도허니

까투리 한 마리 푸두둥 허니 매방울이 떨렁

후여 후여 허어 까투리 사냥을 나간다

강원도라 금강산으로 꿩 사냥을 나간다

금강산에 올라 오대산을 보고 설악산을 당도허니

까투리 한 마리 푸두둥 허니 매방울이 떨렁

후여 후여 허어 까투리 사냥을 나간다

#중학교 교과서 수록

전국의 명산을 누비며 까투리를 사냥하는 과정을 박진감 넘치게 그린 전라도 민요입니다. 빠른 장단에 실린 익살스러운 가사와 생생한 묘사가 어우러져 흥겨움을 자아냅니다.

밀양아리랑

날 좀 보소 날 좀 보소 날 좀 보소

동지 섣달 꽃 본 듯이 날 좀 보소

아리 아리랑 쓰리 쓰리랑 아라리가 났네

아리랑 고개로 넘어 간다

정든 님이 오셨는데 인사를 못해

행주치마 입에 물고 입만 방긋

아리 아리랑 쓰리 쓰리랑 아라리가 났네

아리랑 고개로 넘어 간다

영남루 명승을 찾아가니 아랑의 애화가 전해오네

아리아리랑 쓰리쓰리랑 아라리가 났네

아리랑 고개로 넘어 간다

다음 장으로 연결됩니다.

남천강 굽이쳐서 영남루를 감돌고

벽공에 걸린 달은 아랑각을 비추네

아리 아리랑 쓰리 쓰리랑 아라리가 났네

아리랑 고개로 넘어 간다

송림속에 우는새 처량도 하다

아랑의 원혼을 네 설워 우느냐

아리아리랑 쓰리쓰리랑 아라리가 났네

아리랑 고개로 넘어 간다

경상도를 대표하는 <밀양아리랑>에는 애달픈 아랑 전설이 배경으로 깔려 있습니다. 옛날 밀양 부사의 딸 아랑이 억울하게 죽자 고을 사람들이 그녀의 굳은 절개를 기리며 이 노래를 불렀다고 전해집니다.

그러나 슬픈 유래와는 달리 노랫가락은 경쾌하고 밝습니다.

"날 좀 보소~"하고 애교 섞인 노랫말을 듣고 있으면 어느새 슬픔은 잊히고 자연스럽게 어깨를 들썩이게 됩니다.

강원도아리랑

아리아리 쓰리쓰리 아라리요 아리아리 고개로 넘어간다

아주까리 동백아 여지마라

누구를 괴자고 머리에 기름

아리아리 쓰리쓰리 아라리요 아리아리 고개로 넘어간다

산중의 귀물은 머루나 다래

인간의 귀물은 나 하나라

아리아리 쓰리쓰리 아라리요 아리아리 고개로 넘어간다

감꽃을 주우며 헤어진 사랑

그 감이 익을 때 오마던 사랑

아리아리 쓰리쓰리 아라리요 아리아리 고개로 넘어간다

다음 장으로 연결됩니다.

만나 보세 만나 보세

아주까리 정자로 만나 보세

아리아리 쓰리쓰리 아라리요 아리아리 고개로 넘어간다

열라는 콩팥은 왜 아니 열고

아주까리 동백은 왜 여는가

아리아리 쓰리쓰리 아라리요 아리아리 고개로 넘어간다

영창에 비친 달 다 지도록

온다던 그 님은 왜 아니 오나

아리아리 쓰리쓰리 아라리요 아리아리 고개로 넘어간다

#중학교 교과서 수록

강원도의 서정성이 돋보이는 이 민요는 산골 처녀의 순수한 사랑 이야기를 담고 있습니다. 특히 가난한 처녀가 바르던 아주까리기름을 부잣집 마님이 바르던 동백기름과 나란히 언급한 노랫말은 신분을 뛰어넘는 사랑에 대한 소망을 소박하게 드러냅니다.

진도아리랑

아리아리랑 쓰리쓰리랑 아리리가 났네

아리랑 음음음 아라리가 났네

문경 새재는 웬 고갠가

구부야 구부구부가 눈물이로구나

아리아리랑 쓰리쓰리랑 아리리가 났네

아리랑 음음음 아라리가 났네

청천 하늘엔 잔별도 많고

우리네 가슴속엔 희망도 많다

아리아리랑 쓰리쓰리랑 아리리가 났네

아리랑 음음음 아라리가 났네

노다 가세 노다나 가세

다음 장으로 연결됩니다.

저 달이 떴다 지도록 노다나 가세

아리아리랑 쓰리쓰리랑 아리리가 났네

아리랑 음음음 아라리가 났네

만경창파에 두둥둥 뜬 배

어기여차 어야디여라 노를 저어라

아리아리랑 쓰리쓰리랑 아리리가 났네

아리랑 음음음 아라리가 났네

사람이 살면 몇백 년 사나

호박같이 둥근 세상 둥글둥글 사세

아리아리랑 쓰리쓰리랑 아리리가 났네

아리랑 음음음 아라리가 났네

#중학교 교과서 수록

전라남도 진도에서 유래한 이 노래는 혼자 읊조리기보다 여럿이 함께 어울려
부를 때 제맛이 나는 민요입니다. 현지에서는 <아리랑타령>이라고도 불리며
남도 특유의 구성진 가락에 실린 애절한 정서가 듣는 이의 심금을 울립니다.

정선아리랑

눈이 올라나 비가 올라나 억수장마 질라나

만수산 검은 구름이 막 모여든다

아리랑 아리랑 아라리요 아리랑 고개 고개로 나를 넘겨주게

명사십리가 아니라면은 해당화는 왜 피며

모춘 삼월이 아니라면은 두견새는 왜 울어

아리랑 아리랑 아라리요 아리랑 고개 고개로 나를 넘겨주게

아우라지 뱃사공아 배 좀 건너 주게

싸리골 올 동백이 다 떨어진다

떨어진 동백은 낙엽에나 쌓이지

잠시 잠깐 님 그리워서 나는 못 살겠네

아리랑 아리랑 아라리요 아리랑 고개 고개로 나를 넘겨주게

다음 장으로 연결됩니다.

정선의 구명은 무릉도원이 아니냐

무릉도원은 어디 가고 산만 충충하네

아리랑 아리랑 아라리요 아리랑 고개 고개로 나를 넘겨주게

#중학교 교과서 수록

강원도 무형유산으로 지정된 민요로 산촌의 소박한 정취와 구슬픈 감성을 고스란히 담고 있습니다. 그때그때의 감정을 속임 없이 가락에 맞추어 불러 수심 편, 산수 편, 애정 편, 처세 편, 무상 편, 엮음 편 다양한 가사가 전해집니다. 노랫말 하나하나에 깊은 정서가 담겨 있는 것이 특징입니다.